TÉLÉGONE

RECONNU

FILS D'ULYSSE,

TRAGÉDIE,

SERA REPRESENTÉE
AU COLLEGE

DE LOUIS LE GRAND

POUR LA DISTRIBUTION DES PRIX
Fondez par SA MAJESTÉ.

Le Mercredi, second jour d'Août, 1741. à midi.

A PARIS,
Chez Jean Barbou, Libraire du Collège, rue
Saint Jacques, aux Cigognes.

M. DCC. XLI.

SUJET.

LYSSE avoit été averti par l'Oracle de se tenir en garde contre la main de son fils. Outre Télémaque qu'il avoit eu de Pénélope , il ne sçavoit pas en avoir un autre de Circé , Reine de l'Isle d'Eée , où il n'avoit séjourné que peu de mois pendant le cours de ses voyages & de ses aventures. Ce fils se nommoit Télégône. Quand il fut en âge de voyager , sa mere l'envoya voir Ulysse. A peine ce jeune Prince eut-il abordé à la côte d'Itaque , qu'il s'éleva une querelle , & qu'il se fit un combat entre ses Gens & les Sujets d'Ulysse. Télégône en ce choc tua son pere sans le connoître , & se retira en Italie , où il jetta les fondemens de la Ville de Tusculum , aujourd'hui Frescati , comme il est marqué plus d'une fois dans les Fastes d'Ovide.

Homer. Odyss. . Apollodore.. Hygin.. Varron.. Servius.. Com. &c.

1o. L'Histoire assure qu'Ulysse ayant formé des soupçons injurieux à la vertu de Pénélope son épouse , l'avoit fait mourir de chagrin. La connoissance de ce fait est necessaire pour l'intelligence de certains traits semez dans cette Tragédie.

2o. On suppose que Télégône est envoyé par Circé , pour la venger de la perfidie d'Ulysse qui l'avoit abandonnée.

3o. On suppose encore qu'elle a laissé ignorer à Télégône qu'il fût fils d'Ulysse , & qu'Ulysse même charmé du courage & des vertus de ce jeune Etranger , le retenoit à sa Cour depuis quelques années , & l'avoit fait son Confident & son Favori , sans sçavoir que ce fût son fils.

4o. Enfin , il faut se rappeller l'accueil gracieux que fit autrefois Calypso à Ulysse & à Télémaque , quand ils aborderent à son Isle.

La Scene est à Itaque dans une Salle du Palais d'Ulysse.

La Répétition de cette Tragédie se fera le Dimanche 30. Juillet, à trois heures après midi.

Diront le Prologue de la Tragédie ,

ANTOINE-MARIE-XAVIER DE SAINT FELIX, *de Montpellier.*

LOUIS-BERNARD BRONOD, *de Paris.*

FRANÇOIS-MICHEL AUGUSTE DU HALLAY, *de Paris.*

ACTE PREMIER.

E'LE'MAQUE furpris de voir la prudence de fon Pere Ulyffe changée depuis quelque tems en humeur fombre & farouche, qui le fait fe défier de tout le monde, & même de fon propre fils, decouvre là-deffus fes inquiétudes à fon oncle Phalére. Celui-ci profite de cette ouverture pour faire entendre à Télémaque que ces défiances d'Ulyffe font l'effet des ombrages que lui fait naître ce jeune E'tranger, auquel il a livré fa confiance, & qui ne ceffe d'aigrir l'efprit du Roi contre Télémaque, à l'inftigation de Thrafile Prince du fang, qui n'a que trop d'intérêt à détruire le fils dans l'efprit du Pere. Il ajoute que ces odieux foupçons fuggerés par Télégône ont déja caufé la mort à Pénélope, & qu'ils pourroient bien devenir auffi funeftes au fils qu'ils l'ont été à la mere. Télémaque éclate, & fait même de fanglans reproches à Télégône qu'il rencontre allant chez le Roi. Télégône s'excufe d'abord fur ce que la vertu de Télémaque ne donne aucune prife à la plus maligne calomnie: mais enfuite il parle ferme, & marque qu'il eft né avec des fentimens trop généreux pour faire un auffi lâche perfonnage que celui qu'on lui prête. Télémaque indigné, quitte brufquement Télégône, qu'Orante fon gouverneur vient avertir en hâte qu'un E'tranger demande à le voir de la part de fa mere Circé. Cette nouvelle embarraffe Télégône, qui entrevoit le fujet d'une telle Ambaffade; mais il déclare à fon confident Orante qu'il aimeroit mieux perdre la vie que d'attenter, fuivant les ordres de Circé, à celle d'Ulyffe, qui les comble l'un & l'autre de faveurs depuis trois ans qu'ils réfident à fa Cour. Il prie Orante d'aller entretenir l'Envoyé, auprès duquel il fe rendra lui-même, après être forti du Palais, où il attend le Roi. Ce difcours eft interrompu par le Prince Thrafile, qui s'informe quelle peut être la caufe de l'air menaçant qu'il vient de remarquer dans Télémaque. Télégône fans s'expliquer davantage, fe contente de répondre que Télémaque aigri par de mauvais confeils lui reproche la confiance dont l'honore Ulyffe; mais que pour lui il n'a à rendre compte de fa conduite qu'au Roi feul, dont il recoit chaque jour mille nouvelles marques de bonté. Le Roi furvient, donne ordre à Thrafile de faire au plutôt avancer l'Autel pour le Sacrifice qu'il prétend faire à Minerve, dont il veut confulter l'Oracle. Il ouvre fon cœur à fon favori Télégône fur les ombres effrayantes qui le troublent jour & nuit, & qui femblent lui préfager une mort prochaine. Il lui recommande le fecret fur cette confidence, & lui témoigne qu'il l'aime comme fon propre fils. Télégône l'affure à fon tour qu'il l'aime comme fon propre pere. Pendant que la nature fe déclare ainfi de part & d'autre, le Palladium fe découvre; on fait le Sacrifice. L'oracle parle & d'une voix formidable avertit Ulyffe d'être en garde contre la main d'un fils. Ulyffe confterné fe retire avec toute fa fuite.

ACTE DEUXIEME.

L'Ambassadeur Timante vient au Palais *incognitò*, & découvre à Télégône qu'il améne une flotte au nom de Circé, qui trouve étrange que son fils tarde tant à venger l'honneur d'une Mere outragée. Télégône se défend du meurtre qu'on lui propose, & insiste sur ce que son propre honneur exige de sa reconnoissance envers un Prince aimable & bienfaisant. Timante ne pouvant résoudre Télégône à exécuter les ordres de sa mere, lui montre un présent qu'elle lui envoie ; c'est un poignard sur lequel sont gravés ces mots, *Perce le sein d'Ulysse, ou perce le tien propre.* Il laisse Télégône réfléchir sur cette Inscription, & s'apprête à noüer des intrigues dans la Cour d'Ulysse pour le faire périr suivant l'intention de sa Reine: Pendant que Télégône considere ce poignard, & balance entre sa mere & son bienfaiteur, Orante vient sçavoir l'issué de l'entretien avec l'Envoyé. Télégône lui fait voir le présent de Circé ; lui confie ce fatal instrument, & lui ordonne de le lui plonger dans le sein, si jamais il lui voit former le dessein de s'en servir contre Ulysse. En même tems il le prie de traverser les menées secrettes de l'Envoyé contre Ulysse, dont la prudence pénétreroit bientôt le mystere, & se vengeroit sur l'auteur de ces intrigues. Orante part, le Roi entre, & plein du funeste Oracle qu'il vient d'entendre, il déclare les raisons qu'il a de soupçonner Télémaque, puisque c'est le seul fils qu'il ait. Thrasile tâche de confirmer les soupçons du Roi, pendant que Télégône s'efforce de les détruire. Ulysse ne sçachant quel parti prendre sur les raisons de l'un & de l'autre, feint de vouloir assembler le Conseil pour se déterminer ; mais au fond il ne l'assemble que pour entrevoir les dispositions des Grands de la Cour, & que pour sonder le cœur de Télémaque. En cette vue il se place sur son Thrône, & parle en Prince résolu d'abdiquer. Tous les Seigneurs & sur-tout Télémaque s'opposent à cette abdication par leurs prieres & par leurs larmes. Leurs instances paroissent si sinceres, & si pressantes, qu'Ulysse reste convaincu que ni Télémaque ni les Seigneurs ne sont las de le voir regner. Mais Thrasile réveille adroitement ses soupçons, en lui annonçant l'arrivée d'une flotte étrangere, qui paroît à la vue d'Ithaque. Il insinue même que cette flotte ennemie pourroit bien venir par l'ordre de Télémaque, à la persuasion des Grands qui lui sont attachés. Cette nouvelle imprévue alarme le Roi qui charge Thrasile de s'informer des desseins de cette flotte, & se retire avec Télégône, pour s'éclaircir du fait par lui même. En partant il invoque les Divinités Marines qui lui ont été si souvent propices, & les supplie d'écarter les malheurs dont cette flotte le menace.

Après qu'Ulysse s'est retiré, le Chœur forme une espece de petit concert, où il expose les avantages & les périls de la Royauté.

ACTE TROISIEME.

T E' L E' M A Q U E inquiet fur les motifs qui engagent fon Pere à vouloir quitter le Thrône confulte Phalére, qui lui fait comprendre que cette abdication n'eft qu'un jeu joué par Ulyffe, pour voir fi fon fils auroit envie de regner, que c'eft une fuite des mauvais fervices que lui rendent Thrafile & Télégône ; qu'il ne s'agit plus déformais du Thrône, mais d'une mort honteufe, que lui préparent fous main fes deux ennemis fecrets, en redoublant les foupçons d'Ulyffe contre lui par le moyen d'un Oracle qu'ils font parler au gré de leur haine. Télémaque ne peut en effet fe perfuader que Minerve, qui l'a toujours chéri, l'ait accufé par la voix de fon Oracle. Phalère l'affure que cette Déeffe ne l'a pas abandonné dans fa difgrace, puifqu'elle lui envoie un fecours inopiné dans la flotte qui paroît à la rade. Il lui dit l'avoir appris d'un Inconnu, auquel il vient de parler, & qui lui demande une audience fecrette. Télémaque le fait venir. Timante, au lieu de s'avoüer Ambaffadeur de Circé, fe dit envoyé par Calypfo, pour apporter des préfens à Télémaque que la Reine aime plus que jamais. Il lui offre fa flotte pour afyle, & les armes de fes foldats, pour faire tête à Ulyffe qu'il fçait être irrité contre fon fils. Télémaque refufe ce fecours d'armes étrangeres, & protefte qu'il aime mieux périr que d'en ufer contre fon Pere & fon Roi. Il ne pourroit même fe réfoudre à accepter l'afyle qu'on lui offre, fi Phalére ne lui faifoit fentir qu'il y va de la vie du Roi, contre lequel le peuple fe fouleveroit, pour peu qu'il parût en vouloir à celle de fon fils. Phalére marque l'endroit où ils fe trouveront pour concerter ce projet avec l'Ambaffadeur, qui fait femblant d'aller trouver le Roi pour lui faire croire que c'eft à lui que s'adreffent les préfens, mais qui réellement s'applaudit du piége qu'il leur a tendu, & qui ne fonge, en favorifant la fuite de Télémaque, qu'à faire révolter le peuple, auquel il veut donner un Chef capable de feconder fon entreprife. Il croit avoir trouvé ce qu'il cherche dans Thrafile, qu'il flatte de l'efpoir de regner, pourvû qu'il fe prête à la confpiration qui fe trame. Ce Prince ambitieux promet tout, & congedie Timante, qui va retrouver Télémaque & Phalére. Cependant le Roi reparoit avec Télégône. Thrafile croyant mieux s'affûrer le Thrône en faifant périr le fils par le Pere, & le Pere par le Peuple, qu'en laiffant échaper Télémaque, dont le retour l'inquiéteroit toujours, découvre à Ulyffe le fecret de la flotte, & lui donne avis que Télémaque concerte actuellement avec Phalére & le Chef d'Efcadre les moyens de déthrôner fon Pere. Ulyffe donne ordre qu'on arrête Phalére avec l'Envoyé, & mande Télémaque au Palais. En vain Télégône prie le Roi de ne rien précipiter ; Ulyffe n'écoute que fa colere. Il commande à Télégône de garder avec Orante les avenues du Palais, où il va faire parler Télémaque & Phalére. Quel embarras pour Télégône, qui connoît l'innocence de Télémaque ! L'aiffera-t-il périr cet aimable Prince ? Sa vertu en murmure, elle le porte même à vouloir tout découvrir à Ulyffe. Orante l'en détourne par de bonnes raifons. Télégône prend du moins la réfolution de tirer l'innocent de ce danger, & dans cette penfée il va fe rendre à fon pofte.

ACTE QUATRIEME.

ULYSSE, après avoir fait fubir l'interrogatoire à Phalére, reproche à Télémaque fon entrevue avec l'Ambaffadeur étranger, & l'accufe d'avoir fait venir la flotte pour appuyer fa revolte. Télémaque convient qu'il étoit dans la difpofition de s'enfuir à la faveur de cette flotte, jufqu'à ce que le tems fit connoître fon innocence : mais il protefte qu'il n'a jamais prétendu fe fervir d'un tel fecours contre un Pere qu'il aime plus que lui-même. Ces proteftations ne fatisfont pas Ulyffe, qui d'ailleurs venant à fçavoir que l'Ambaffadeur s'eft retiré fur la flotte, fe figure que Télémaque a favorifé cette évafion, pour armer contre l'Etat. Ainfi, fans vouloir rien entendre de tout ce que Télémaque veut dire pour fa juftification, il fait enfermer fecrettement ce Prince dans une Tour de la Citadelle. Rongé de foupçons il déplore le malheur d'un Roi qui vieillit, & qui trouve ordinairement fa Cour difpofée à adorer le Soleil levant au mépris du couchant. Il fait confidence de fes alarmes à Télégône & à Orante, qui viennent prendre l'ordre, & leur témoigne le fond qu'il fait fur leur fidelité dans une conjonćture fi délicate. Envain Télégône & Orante lui repréfentent les mouvemens que peut caufer parmi le Peuple l'emprifonnement de l'Heritier préfomptif de la Couronne. Ulyffe demeure infléxible, & croit devoir ce facrifice à la fureté de fon Thrône & de fa perfonne. Pendant que ces fidéles ferviteurs s'intereffent à la délivrance de Télémaque, d'où dépend le falut d'Ulyffe, Thrafile vient annoncer au Roi le foulévement du Peuple qui court aux armes, & veut forcer la prifon. Le Roi commande à Télégône de marcher à la tête d'une partie des Troupes de fa maifon pour écarter la populace mutinée, & il confie à Orante la garde du Palais avec l'autre partie de fes Gardes. Il ordonne auffi à Thrafile de lui faire venir fur le champ les principaux Officiers des troupes E'trangeres qui font à fa folde. Cette fédition l'étonne & lui rappelle la menace de l'Oracle, dont il craint l'accompliffement. Au moment qu'il fait fur ce point de triftes réfléxions, les Officiers qu'il a mandés fe rendent auprès de lui; il prend des mefures avec eux pour prévenir le mal qu'il craint. En même tems arrive un homme affidé qui s'écrie que tout eft perdu, que Télégône, loin de diffiper les féditieux, à brifé les chaines de Télémaque, l'a mis en liberté, le raméne au Palais pour fe jetter, dit-il, aux pieds du Roi, mais peut-être hélas? pour .... Ulyffe outré de ce coup imprévu, s'emporte contre Télégône, qu'il croit s'être rangé dans le parti des Rebelles. Il fait mettre Orante aux fers, & met Thrafile en fa place à la tête du Corps que cet Officier commande. Pour lui fans perdre de tems, il va fe déguifer en Capitaine étranger, pour n'être point connu dans la mêlée, & part avec eux pour aller fe faire juftice de tous ceux qu'il trouvera les armes à la main.

ACTE CINQUIEME.

Télégône, Télémaque, & Phalére (tous deux tirés de prison) & Timante, (qui s'eſt joint à eux pendant le choc des troupes,) après s'être fait jour au travers des braves qu'on leur a oppoſés, ſe félicitent d'avoir franchi tous les obſtacles, & de s'être ouvert un paſſage juſqu'au Palais, où le fils vient demander grace au Pere. Cependant Télémaque rend enfin juſtice au zéle de Télégône, qu'il avoit cru juſqu'alors ſon ennemi La victoire qu'on vient de remporter ne laiſſe pas de cauſer de l'inquietude à Télémaque, qui avoue ne s'être point ſenti ce beau feu, cette noble ardeur de vaincre qu'il a coutume d'éprouver dans les autres combats; Timante attribue cette eſpece de langueur à l'horreur naturelle qu'inſpire à un bon Prince la ſeule idée de guerre civile. D'un autre côté le genereux Télégône eſt agité de remords ſecrets qui l'empêchent de goûter le plaiſir du ſuccès. Il ſe reproche entr'autres la mort d'un vaillant Officier qu'il a vû combattre comme un lion dans la mêlée ; il raconte certains évenemens prodigieux qui lui font craindre que ce ne ſoit quelque ami qu'il a tué ſans le connoître. Ce myſtere eſt bientôt éclairci par le Prince Thraſile qu'on apporte bleſſé à mort ſur un bouclier. Après quelques paroles qui marquent ſon dépit, ſa haine, & ſa paſſion de regner, il ſouhaite à Télémaque un ſort pareil à celui de ſon pere. Il expire en déclarant la mort d'Ulyſſe tué dans le combat de la main même de ſon favori Télégône Quelle douleur pour Télémaque d'apprendre la fin deplorable d'un pere ſi cher ! Quel déſeſpoir pour Télégône de ſe voir l'auteur de la mort d'un Roi ſi bienfaiſant ! Télémaque ne ſçait à quoi ſe réſoudre; il doit la liberté, la vie, la Couronne à Télégône, le fera-t'il périr ? Il doit un vengeur à ſon pere : laiſſera-t-il ſa mort impunie ? Non, il faut que l'amitié cede à la nature. Il eſt ſur le point de condamner Télégône à la mort. L'Ambaſſadeur Timante l'arrête, il avertit qne la nature parle en faveur de Télégône, il lui prouve que Télégône eſt ſon frere & fils d'Ulyſſe comme lui. Télémaque eſt étrangement ſurpris de trouver ſon frere dans le meurtrier de ſon pere. Télégône eſt ſaiſi d'horreur en ſe reconnoiſſant parricide, au moment qu'il commence à connoître ſon pere ! Il demande à voir Orante ſous prétexte d'une affaire importante à l'Etat, mais en effet pour ſe faire rendre le poignard envoyé par ſa mere Circé. Il veut s'en percer le ſein, & il le feroit, s'il n'étoit retenu par ceux qui l'environnent. Envain L'Ambaſſadeur le veut-il détourner de ſe donner la mort, en lui repréſentant qu'il ne peut être coupable de la mort d'un Pere, qu'il a tué ſans le connoître ; il eſt inconſolable, & tombe dans une eſpece de défaillance, à laquelle Phalére même, ſon ennemi, ne peut refuſer ſa compaſſion. Télémaque en eſt attendri, & va rendre les derniers devoirs à ſon Pere, dont on vient d'apporter le corps au Palais. Télégône ne revient à lui-même que pour plaindre ſon malheur. Il ne veut ni reſter dans Ithaque, ni retourner chez ſa mere Circé. On lui propoſe de monter ſur la flotte, il n'y conſent que dans la vue de ſe précipiter au milieu de eaux, qu'il ne croit pas capables de laver ſon Parricide. Il déteſte l'Ambaſſade & l'Ambaſſadeur, qui en ont été la cauſe, & l'occaſion.

NOMS ET PERSONNAGES
des Acteurs.

ULYSSE, Roy d'Ithaque ,
JAQUES - EDME - GERMAIN MARTINEAU DE SOLEINNE,   *d'Auxerre.*

TE'LE'MAQUE, Fils d'Ulysse & de Pénléope ,
PIERRE-NICOL'AS LE DUC,   *de Roüen.*

TE'LE'GONE, autre fils d'Ulysse & de Circé ,
CLEMENT HENRY LANGLOIS,   *de Paris.*

THRASILE, Prince du Sang des Rois d'Ithaque.
LOUIS-HENRY MARIE DE SAINT FELIX,   *de Montpellier.*

PHALE'RE, Oncle maternel de Télémaque ,
ANTOINE-MARIE-XAVIER DE SAINT FELIX,   *de Montpellier.*

ORANTE, Gouverneur & confident de Télégône , & Officier
des Gardes d'Ulysse, fous Télégône qui en eft le Capitaine.
FRANÇOIS HILAIRE BOYER DE BANDOL,   *d'Aix en Provence.*

TIMANTE, Envoyé fecret de Circé à Télégône ,
JOSEPH COTTET,   *de Saint-Malo.*

SACRIFICATEURS,
FRANÇOIS-MICHEL-AUGUSTE DU HALLAY,   *de Paris.*
JOSEPH BEROUS,   *de Bourdeaux.*

SEIGNEURS DE LA COUR,

AIDE DE CAMP,
FRANÇOIS-MICHEL-AUGUSTE DU HALLAY,   *de Paris.*

SOLDATS E'TRANGERS,

GARDES,

Fermera le Théatre par l'Éloge du ROY,

JACQUES - EDME-GERMAIN MARTINEAU DE SOLEINNE ,   *d'Auxerre.*